文芸社セレクション

# 昭和の必殺必中相続登記仕置人

利他 蚯蚓

RITA Mimizu



文芸社

本書は不動産の「(代位）相続登記」を駆使して日本全国を股に、（最悪な）不良債権回収を成功させた男の実録である。筆者はこの人物を昭和の「必殺必中相続登記仕置人」と呼ぶことにする。「不良債権仕置人」としてもいい。

資本主義経済の「商取引」に必ず発生する「不良債権」。この回収の成否が事業（会社）の運命を決すると言っても過言ではない（だろう）。例えば年商一〇億円、純利益五パーセントの会社が五〇〇〇万円の不良債権を回収出来なかったとしたら、その損害を取り戻す為には、売上げを一挙に二倍にしなければならない。到底不可能である。

取引先が「倒産」ともなれば「資産」は殆ど無いのが当り前。「計画倒産」、「破産」、「取り込み詐欺」に遭ったら債権の回収はほぼ絶望的である。どんなに優秀な法律専門家に安くはない「着手金」を払って依頼したとしても「何も無い債権者」には手の施し様がない。即ち泣き寝入りするしかない。大方の債権者が小規模経営の場合、焦げ付きの悪影響は計り知れない。下手をすると連鎖倒産する事態に陥ることが少なくないのが現実だ。悪質な債務者は「ほとぼり」が冷めた頃に手練手管で復活するのが世の常である。二昔前なら腕ずくで回収する乱暴者が跋扈したが、現在では無理だ。

しかし、筆者は、悪質な債務者に対して「合法的な手段」で強烈な打撃を加え、物の見事に不良債権の回収を成功させた男を知っている。この男のターゲットにされた債務者達は、一様に、彼のことを「債鬼」では足りない、「死に神」だと痛感したに違いない。

『必殺○△×仕置人』とくればＴＶや映画でお馴染みの「娯楽時代劇」。架空の物語だから「内容」が殺伐としていても「酒」や「お八つ」を口にしながら楽しめる。が、本書で披露するのは、全て実際に起きたこと。

舞台は「昭和」の終り頃。日本が経済の「バブル期」を迎えようとしていた頃。猫も杓子も「不動産」、「金融」、「株」等を巡って狂乱していた時代。昭和の「必殺仕置人」は東京に居た。前述のとおり、この男の活躍の場は、日本全国である。彼の「仕置」は一滴の血も流さない。「何だ。そんな仕置等面白くもない」と思うかも知れないが、「仕置」の相手、つまり悪質な債務者とその関係者（「親族」）が受ける「傷」は生涯癒やされることはないであろう。男が狙いを定めるのは、債務者の「実家」の「不動産」。それも「相続」が開始されていても「相続登記」がなされていない「相続未登記不動産」である。ところで二〇二四年四月一日から、不動産について（法定）相続人に対し、「相続の開始」を知った時から「三年以内」に「相続登記」をすることを義務付ける法律が施行されたが、それ程全国的に「相続登記」がなされていないケースが多いということになるのである。その主な理由は次の様なものである。一つには「相続」を原因とする「所有権移転」登記手続きは「売買」を原因とする登記手続きに比較して、乱暴な言い方をすれば実に面倒（くさい）のである。「売買」なら「契約書」一通と「売主」の印鑑証明書実印、「買主」の住所証明書と印鑑で事足りるが、「相続登記」の申請には、関係者全員の「戸（除）籍謄（抄）本」、「相続関係説明図」「住所証明書」や場合によっては実印を押した「遺産分割協議書」が必要になってくる。ところが、これだけでは未だ「不足」である。「相続登記」で最も重要な事は「相続人」の「特定」である。一人でも「見落とし」があったら「登記」は「無効」となる。「相続人」である「子供」を「見落とす」なんて。そんな馬鹿なことがある筈がない。と思う人がいるかも知れないが、亡くなった所有者が現在の妻の前に一度か二度結婚したことがあってその相手との間に子供をもうけていた場合や婚姻届けを出さないまでも子供を「認知」していた場合、その子供等も「相続人」になるから、所有者の「出生時」からの「経歴」を調べなければならない。「不足」の書類とは所有者の「改製原戸籍謄本」なる公文書である。「改製……」でも足りない場合は所有者の「父親」の「除籍謄本」まで取り寄せなければならないから「相続登記」は「素人」の手には負えないのが現実である。専門家に依頼する手数料も含めるとトータルの相続登記手続きの費用は大きな負担である。だから今、直ぐに処分する必要もないし、住んでいる分には支障はないので「相続登記は保留しておこう」という場合が生じる。二つ目は「何等かの事情」で相続人の一人か二人が何（十）年も「音信不通」のために必要書類が揃わない場合。そして三つ目は最も深刻なケース。それは「相続人」（「子供」、兄弟）の間で互いの「欲」がぶつかり合って相続登記が出来ない場合が少なくないのである。「子供兄弟」と言っても「相続」時には立派な大人。結婚していたらその「配偶者」が横槍を入れてくることも。前置きが少々長くなったので「仕置人」の話に戻ることにする。練達の弁護士が「舌」を巻いた「唯一無二」の「仕置」とは？

一九八六年（昭和六一年）夏。東京メトロ千代田線「湯島」駅から徒歩約四分。六階建の雑居ビル（「ペンシルビル」と揶揄《やゆ》されるタイプ）の三階。入口に「K社」の表示。室内では、Yシャツ姿の男が射る様な「眼差し」で前日作成した書類を入念にチェックしていた。主人公「大《おお》神大将《がみだいすけ》」その人である。三九才。身長一六五センチ。体重五五キロ。細身で小柄。髪は七・三に分けていて柔和な顔。

　中身を別にすれば「名は体を表わしていない」。何処にでも居そうな平凡なサラリーマン風。一寸見「水谷豊」似。しかし、あの有名人の様な「スポーツ万能」、「格好の良い」お茶の間のヒーローでは決してない。

彼が手にしている「書類」のタイトルは「代位《だいい》相続登記申請書」と数通の「添付書類」。「添付――」の中身は、「代位原因証書」「相続証明書」「住所証明書」「相続関係説明図」が主である。「相続証明書」は全て揃っているか。中でも「相続関係説明図」（略称「相続図」――一般に「系図」と呼ばれているものである）は正確か。――万一、共同相続人の見落しがあった場合「登記申請」は受理されない。一旦申請を取り下げてやり直しをしなければならない。「不良債権回収」の目論見が外れてしまう羽目になるのだ。腕時計の針が午前六時五〇分を指していた。

大神は「登記申請書」を入れた「Ａ４版」の茶封筒をアタッシュケース

に納め、スーツに袖を通して静寂に包まれた「湯島」から喧騒の「上野駅」へ向かった。行き先は「杜の森」「S」。目指すは「S法務局不動産登記課」。大神は新幹線の車中で、この「手続き」に至る経緯を回想していた。尚、大神の「仕置」に翻弄された人々の「プライバシー」保護の為、登場人物、地名等は、極力「仮名」とする。「K社」が有限会社M社に三〇〇〇万円の融資をしたのは約四ヶ月前のこと。返済期日は三ヶ月後。代表の「NB」が連帯保証人となり、「担保権設定契約書」、「登記委任状」、「自社振出しの約束手形」の差入れ、「公正証書作成」が貸出し条件となった。融資実行後三ヶ月目に入ったところでM社から五〇〇万円の追加融資の申し込みがあり、三〇〇〇万円と一緒に返済することを条件に実行し、その際、五〇〇万円から三〇〇〇万円の利息も差し引いたとのことであった。しかし、M社の約束は果たされなかった。決済期日直前、大神の上司Hが血相を変えて机の前に来て「大神君、やられた。M社が倒産した。この二、三日連絡が取れなかったので、社員を行かせたら、M社の事務所は金融業者らしいのが占拠していて休業状態。Nの自宅マンションは、も抜けの『空』だった。二日前の夜に引越ししたらしい」。文字通り夜逃げである。今年に入ってこれで三件目だ。大神はM社の「ファイル」の中から書類を取り出し、急いで「担保権仮登記申請書」を作成して部下に持たせ、東京法務局××出張所へ走らせた。「担保権」の登記は、住宅ローン会社、金融機関が先行しているのが常だから余剰は見込めないが、任意処分の際は多少のおこぼれに与《あず》かれるかも知れない。恐らく他の金融業者も大神と同じ手続きをしているに違いない。しかし、Nは事前にマンションの所有権を第三者名義に移転している可能性も有る。そうなると大神が行った「仮登記」の申請は「取下げ」しなければならない。結果は大神の予想通りであった。正しく「計画倒産」であった。しかも倒産間際に追加融資とは……。Hが泣きそうな顔で言った。「大神君。例の『何とか登記』の方法は取れないか」。大神は瞑目していた眼を開け「『代位相続登記』のことですね。いつも申し上げている通り、それをするためには幾つかの条件をクリアしなければならないのです。全てクリア出来る確率は、三パーセント前後。今年は約半年の間に、他からの依頼分を含めると調査をかけたのが約一〇〇件余り。その内、全ての条件をクリアしたのが僅か三件です。その三件はそれなりの回収ができましたが」。H「その確率は君から聞いてわかっているつもりだ。しかし、今はその数パーセントに賭ける他『術』が無いんだよ。しかもそれは君にしか出来ないんだ。頼むっ」。顔を大神の机に擦りつけんばかりであった。

大神「わかりました。顔を上げて下さい。やってみましょう」「逃げ得は許さない」と大見得を切ってはみたものの「無担保融資」の相手が倒産して「姿」をくらましたり、開き直る時程、「憂うつ」で「厄介」な事はない。俗に言う「闇金融業者」などは、最初から「暴利」を貪り、荒稼ぎをした後、警察の「手入れ」を躱《かわ》すために事務所を転々と変える、中には事務所等持たずに「電話」一本で営業する連中も。いざ「倒産」

ともなれば、「手荒な方法」や「機動力」を発揮して「回収」にまわる。そうやって来た者が次第に伸し上がって行く。残念ながらK社にも大神にもそんな「器量」はない。債務者から預かっている「書類」や「手形」等を駆使して回収を図る他「術」はない。手続きの先は「法務局、裁判所」いずれもかなりの知識と経験が要求される。大神はそれの大半を一人で任うことで「専門家」に支払う「報酬」を削減することがK社に貢献する重要な仕事だと確信していた。さあ「数パーセントの確率」に挑戦する時が来た。「必殺の仕置」を下せるか。調査開始だ。

大神は、M社とNBを被告とする「仮り」の「貸金返還請求」の「訴状」を作成。その写しを部下に渡して○×区役所戸籍課へ向かわせた。Nの本籍地は○×区内。この当時、個人情報保護の観念は現在よりも稀薄で「訴状」の写しを添付して「戸籍謄本交付申請書」の「使用目的」欄に「裁判所へ提出予定」と記入すれば、債務者の戸籍謄本の交付を受けられたのである。

一時間後、社員から「NBはM県S市○×町×××番地△筆頭者NYの戸籍から編入」の連絡が入った。備え置きのS市内の住宅地図でNYの本籍地周辺をあたったところ、同番地上に「N」と記載された建物の表示があった。次に大神は顧問弁護士MにNYの戸籍または除籍謄本及び戸籍の附票の写しの交付申請を実費を添えて依頼し、同時にS法務局に郵送でNY名義の土地建物登記簿謄本を申請した。後は「吉報」を待つのみだ。一週間程して二つの封筒が届いた。先ずNYの戸籍謄本にはNYが三年前に本籍地で「死亡」の記載があった。

「登記」はどうか？　逸《はや》る気持を抑えながら法務局からの封筒を引き裂くように開け「謄本」の「甲区欄」に眼を走らせる。「あったあ!!」思わず叫んでいた。女子事務員が驚きの眼を向けている。所有権NY。相続登記は未だなされていなかったのだ。「確率」「数パーセント」が大神の眼前に実現した。「よしっ。これからが本番だ」。おもむろに内容をチェックすると土地は二筆に分かれていて計約一〇〇〇平方メートル。

建物は二階建て。廷床面積一六五平方メートル。甲、乙区欄に他の記載はなかった。再度顧問弁護士に依頼してS市役所にNYの「改製原戸籍謄本」、NYの子、NA、TC、NDの戸籍謄本と戸籍の附票の写しを「往復速達便」で申請。幸いにもNA・ND、T家へ嫁いだCの本籍地はS市内であった。四日後、「改製原戸籍謄本」からNYの子供は四人である事が確認出来た。法定相続持分は「妻」が二分の一。NBは八分の一。「相続証明書」「住所証明書」「相続関係説明図」「代位原因証書」「執行文付公正証書」、「公正証書謄本送達証明書」等、「代位相続登記申請とNBの相続持分に対する差押に必要な書類はほぼ揃った。不動産の「評価証明書」は、登記申請時に市役所で交付を受ければいい。ここ迄要した時間は約一〇日間。過去の例に比べて短かった。

大神は、その日の内に二組の書類を作り上げた。「代位相続登記申請書」と登記完了後に裁判所に提出する「不動産持分強制競売申立書」(差押の申立書)である。読者(の大半)は「大神という奴は何という馬鹿野郎だ。金の貸し借りに何の関係もない他人の不動産に無断で勝手に相続登記をして、しかも差押までも。出来る訳がない。逆に相手から訴えられるぞ」と心配するかも知れない。しかし、ご安心願いたい。簡潔に言えば、「法定相続人」は、相続が開始された不動産について単独で「法定持分共同相続登記」の申請が出来るのである。今回の場合は、法定相続人ＮＢに代って債権者であるＫ社が合法的に登記の申請をしているのだ。法的根拠は後述する。ここ迄で大神の「仕置」の「第一幕」は、一つの無駄、澱みもなく終了した。大神はＨに「明日Ｓに出張して手続きをして来ます」と報告するとＨは「大神君。有難う。良くやってくれた。これで回収の見込みが立った訳だね」と喜色満面だった。「専務。まだ手続きの半分が終ったに過ぎません。登記後の差押が出来たとしても、これには『優先権』が無いですから他の債権者に気付かれて差押に参加されてしまったら債権の回収は僅かしか期待できない。最後迄、極秘の内に進めなければならない。狡猾なＮＢのことです。油断は絶対に禁物。他の債権者に気付かれなくても、N側と話し合いが出来ずに差押えた『持分』の『競売』にまで持ち込まれると『長期戦』を覚悟しなければならない。過去に二度その様なことがあったのは専務もご存知の筈。喜ぶのはまだ早いのです」。Hの顔が曇った。NBの実家では、何らかの事情で今迄約三年間「相続登記」をしていなかった。「登記」をする必要に迫られていなかったのか。当時、法律上、登記は義務化されていなかった。登記しない他の理由は冒頭で述べた様な場合である。いずれにしても大神の「仕置」は、金銭貸借に全く関与していない実家の人達の「首根っ子」を掴まえて無理矢理「火中」に引き入れる冷酷で恐るべきこと。「青天の霹靂」という言葉がこれ程当てはまる事態は無い様に思える。「驚天動地」も付け加えたい程だ。平凡なサラリーマンのなせる「技」ではない。「S駅」に着いて大神の「仕置」の第二幕目がスタートした。

市役所の「不動産固定資産税課」で関係書類の写しを示して「評価証

明書」の交付を受けた後「S法務局不動産登記課」に「登記申請書」と「不動産登記簿謄本交付申請書」を夫れ夫れ所定の「登記印紙」を貼って提出。五日後の（登記）「補正日」の朝、電話で補正が無かった事を確認して直ぐ様、法務局に出向いてNB他四名に相続登記がなされた「登記簿謄本」を受け取った。その際、大神の手筈通りに進めば数日後になされる「差押嘱託登記」後の「謄本交付申請書」を郵便封筒を添えて提出し、市役所で入手した「公課証明書」を携えてS地方裁判所民事部受付にNBの法定相続持分に対する「不動産持分強制競売申立書」を提出した。こうして大神の「仕置の第二幕目」も終了。S駅で会社と家族への「土産物」と昼食の「駅弁」を買い、車中でアタッシュケースから紙コップを取り出し「安堵」と「達成感」「充実感」を「肴」に「祝杯」！！　今回、NBの実家は大神の「必殺の仕置」にどの様な反応を示すのか。大神には「錬磨」の余裕があった。一仕事終えた後の「ビール」は格別旨い。ところで大神には細《ささ》やかな「拘《こだわ》り」がある。「缶」から直接飲むことはしない。「泡」が立たないからだ。泡の無いビール程不味いものはない。「唇」をすぼめて飲むも×。コップかジョッキで「グイッ」と飲むに限る。だから出張の時は必ず「紙コップ」は「必需品」。うっかり忘れようものなら「売店」で「紙コップ付き」のインスタントコーヒーを買い、コーヒーは飲まずにポケットに仕舞う。

胃腸があまり丈夫ではない大神にとってビールの冷え過ぎも良くない。居酒屋等で「サービス」とばかり「冷凍庫」で「ジョッキ」をキンキンに冷やして出されるのも困る。好意を無にしては悪いから嬉しそうな顔を造るのも煩わしい。上野駅に着いたのが夕方五時近く。そのままM市内の自宅に戻ることにした。家では素適で可愛い二人の彼女が待っていてくれる。おっと三人にしておこうか。「チャイム」を押して玄関のドアを開けると四才の長女が「お父さん。お帰りなさい」と大神の胸に飛び付いてきた。大神が妻と結婚したのは二三才の終り頃。妻が最初の子を流産してから約一一年間子宝に恵まれなかったが、治療の甲斐あって二人の子供を授った。しかも待望の女の子である。好し悪しはともかく、それこそ「眼」に入れても痛くない溺愛。大神には幼い頃、病気で自宅療養中の父親から激しい「虐待」を受けたことが未だに「心」の片隅に宿っていた。だから子供にはどんな場合でも優しく接するように心掛けている。良く見掛ける事だが、子供が手や腕でテーブルの上の「ジュース」や「牛乳」を引掛けてこぼしても大神は決して叱らない。わざとやる子はいない。大人だって時々やらかす。ましてや幼い子供には当り前。と前もって傍に置いてあるタオルで素早く拭き取りながら「〇〇ちゃん。大丈夫？　濡れなかった？」と優しく声を掛けるのだ。こんな事もあった。帰宅すると奥の部屋で子供達の楽しそうな声が。長女の「お父さん。お帰りなさい」の声。「あれっ今日はお迎えなしか」大神が「二人で何して遊んでるの？」長女「今、お酒飲んでるの」大神「ああ、そお。え・・・えっ？」覗いてみると長女が手に何やらキラキラ光る物を持っていた。それは一週間程前に大神がデパートの「ガラス食器売り場」で買った

「カクテルグラス」（カット入りである）一脚五千円、一ヶ月二万五千円の小遣いしかもらえない大神にとってはビッグな買い物であった。サイドボードの奥の方にしまっておいてまだ一度も使っていない。大神「あっそれで遊んじゃ……」と言い終る前に長女の「お父さん。早くこちらにいらっしゃいな。何かお飲みになります」の声。大神はグラスの事はそっち除け。お姉ちゃんぶり大人の様な口調がたまらなく可愛い。「直ぐ、行くっ行くっ」天にも昇る様な夢心地の大神を地獄へ突き落とす怒声が。「お父さんっ。何してるのっ。そんな物で遊ばせて。早く止めさせなさいっ」。声の主は「好感度」第三位の女性。それも「一位タイ」から遥か遠く、肉眼では確認不可能な「第三位」。大神は、心の中で「俺が渡した訳ではない。いいじゃないか。楽しそうに遊んでるのだから。それを取り上げろ、だって？　何て薄情な」と呟いているところへ長女の「あっ折れちゃったあ」の一声。「えっ。もしや？　まさか？」恐る恐る振り返ると「グラス」の「首」が「ポッキリ……」「お姉ちゃん。大丈夫？　怪我しなかった？」大神の頭上を「五千円札」がヒラヒラと「羽」を広げて飛び去って行った。「形のある物はいつかは壊れる。高層ビルも頑丈な戦車も。この世の全てがそう。早いか遅いかだ」そう考えれば「五千円」如きでジタバタすることはない。と割り切った。「でも、一回位あのグラスで飲んでみたかったなあ」と思ったが、「時」既に遅かった……。

　S市から戻って一週間余り、法務局から届いた謄本の「甲区」欄にNBの持分に対する「強制競売開始決定」の「嘱託登録」を確認した大神は、時計の針が午後七時三〇分を差した頃、徐《おもむろ》に受話器を取り上げてNBの実家に電話を入れた。「仕置」の第三幕目である。この時間帯であれば実家の「主」は「在宅」しているとの臆測である。電話口に出たのは女性。NAの妻か。「東京の大神と申します。突然の電話で恐縮ですが、Aさんはご在宅でしょうか」……「東京の大神さんという人から電話だよ」の声が大神の耳に。間もなくAがぶっきら棒に「何の用ですか?」大神が「事」の次第を説明したところAは「お宅は何を馬鹿げたことを言ってるんですか。Bの会社が金を借りようが、倒産しようが、こちらには一切関係のない話でしょ。保証も何もしてないんだから。しかもこの家を『競売』に出しただなんて。出鱈目を言うにも『程』がある」。大神は、Aの言う通りだ。と思う。この「仕置」では「皆」同じ反応を示す。常識的には「有り得ない」、到底「考えられない」事態だからである。しかし全く「合法」なのだ。良くぞこの「仕置」を編み出したものである。「恐るべし。大神大将」。一方で二人の「天使」と喜々として戯れる、その「ギャップ」の大きさ。

大神は、事の重大性を少しでも解らせようと「Aさん。お気持は良く解ります。こちらは国が定めた法律に従ってやっているんです。大至急『弁護士』さんに相談して下さい。弟のBさんは『彼方此方』から借金をしている様です。彼等がこの事を知って参加して来たら収拾がつかなくなります。Bさんと連絡を取ってみて下さい。自分は関係無いからとこの儘放ったらかしにして一番困るのは、Aさん。貴方とご家族なんですよ。法務局から通知があるでしょうし、その内に裁判所から調査が入って、ご自宅の『一部』を何時何時『競売』します。という告知が裁判所の『掲示板』に貼り出されます。否、既に（ご自宅の一部について）競売手続きが開始されました。という『公示』が裁判所の『入口』に掲示されているかも知れません」と驚告して受話器を置いた。NAは近い内に事の重大性を知って大騒ぎとなる。NBがこっ酷《ぴど》く罵倒される場面が目に浮かぶ。NBの面目丸潰れ。「計画倒産」の「報い」である。果たして、NAへの電話から五日後、大神の予想より早く「S」と名乗る弁護士から連絡が入り、その日の内に「解決」。今回は全額回収。Sが帰り際に大神に尋ねた。「今回のお手続きは、大神さん側で直接おやりになった様ですが、お独りでやられたのですか？」この「仕置」では何時も聴かれることなので大神は「滅相もありません。こんな『冷酷』で『恐ろしい』手続きは『凡人』の私には出来ません。知り合いに弁護士になり損ねた者がおりまして。その者に『手取り足取り』。私は使い走りです」と惚《とぼ》けた。Sは訝《いぶか》し気な表情で帰って行った。「夜逃げ」で「回収不能」から一転「全額回収」。

筆者が冒頭で「唯一無二」と書き、「冷酷で恐しい手続き」と表現した理由を述べることにする。大神が「必殺の仕置」の「寄り処」としたのが「民法第四二三条第一項」。そこには「債権者は、自己の債権を保全するため必要があるときは、債務者に属する権利……を行使することができる。……」

債務者NBに属する権利が「法定相続分」を要求する権利ということになり、それをNBの債権者K社がNBの代りに（NBに代位して）行使（相続代位登記）した上でNBの相続持分を「差押」したのである。この「規定」は「債権回収」の一手段としてのものだが民法第四六六条「債権譲渡」程の「馴染み」は無い。時々眼にするのは金融機関が「担保不動産」の「登記名義人」の「住所変更登記」や「担保不動産」に

「相続の開始」があった時に「登記名義人」に代位してそれらの登記申請を行うことがある程度だ。名の知れた金融機関の「債権管理部」には頭脳明晰、優秀な連中がゴロゴロしている。大神なんぞ彼等の足下にも及ばないだろう。それ程の連中が大神の「仕置」を考える事があったとしても実行する「必要がない」し、「必要が生じても」絶対に実行出来ないのだ。先ず「必要が無い」とは貸付けに際して、すべからく「第一順位で担保」を取っているからだ。では「必要が生じた」とは、何等かの理由で担保だけでは補い切れずに「数百万円」が焦げ付いた場合である。「債権管理部」のやり手（精鋭）が大神のした様に債権者の実家を探し当てて例の「仕置き」を試みようとしたら「上役」から猛反対されるであろう。「君は一体何を考えているんだ。何十兆円もの資金を預かっている我が銀行が僅かばかりの回収のために取引に全く関係の無い人達を巻き添えにした挙句、一生癒えることのないであろう『傷』を与えてどうする。あのビッグバンクが僅かの事で『取引』に全く関係の無い人を苦しめた、恐しいことをした。と『悪評』が全国に広まる。『イメージダウン』は計り知れない。大損害である。君にその責任がとれる筈もあるまい。直ちに止めろ」となる。だから「名の知れた金融機関」は大神の「手法」は絶対に取れない。次に「民間の大手金融会社」も大切な「看板」を汚したくないからこれも無し。「大手サラリーローン会社」は一人当り三〇万円前後で何十万、否、百万単位の顧客を抱えていて「爆大」な「利益」を上げている。顧客の新規獲得競争は「熾烈」を極めていて「不良債権回収」にまで十分に手が廻らない。その内に「損金」で落すか「不良債権回収業者」に「譲渡」して終り。K社を初め殆どの金融業者は「小規模」だから「民法第四二三条一項」のことなど知らないし、仮りに知っていたとしても「実務」に応用出来ない。とどのつまり大神の「仕置」は誰もしたことがない。大神はこの業界の「異能者」、突如現われた「異端の者」と言うべきか。この法律の制定者も、それが不動産の「所有権」に於いては「売買」について応用されることはあっても「相続」について利用されて多くの「無辜」の「関係者」を「阿鼻叫喚」の「渦」に巻き込む手段に使われること迄、想定していなかったのかも知れない。熟練の顧問弁護士「M」がある時、雑談中に大神に尋ねた。「大神さんがやっておられる債務者の実家を探し当てて、相続登記が終っていない不動産を差押える方法ですが、具体的にはどの様にされているのですか？」大神の「怪訝」な顔付きを察してMは「我々の仕事は、顧客からの依頼があってこそのもの。今迄その様な手続きを依頼されたことがないものですから……」。大神が「仕置」を終える度に思うことは「矢面」に立たされた「実家」の「関係者」が受ける「ダメージ」の大きさである。大神は実家の人達に「お金を返済しろ」とは一言も発していないし、実家の人達の財産に手を出していることもない。あくまでも債務者の財産の一つとして実家の土地建物の「所有権」の「一部分（債務者の相続持分）」を差押えた。に過ぎない。しかし、「標的」にされた実家とすれば「……一部に過ぎない」等と「冷静」に受け止めることなど出来る筈がない。「閑《のど》かな故郷《ふるさと》」を襲う強烈な「青天の落雷」。中には幾代にも渡って受け継がれて来た「掛け替えのない土地建物」もある。その「登記簿」に半永久的に残る「強制競売開始決定」の「非情の痕跡」。何よりも実家の「関係者」が被る「精神的」な「深傷」。「身に覚えがない」分、その「衝撃」の大きさは計り知れない。「無法者」に押しかけられる方がまだ対処し易いかも知れない。そんな「奴ら」は「警察」へ通報すれば大方解決できる。しかし大神の「仕置」は「合法」だから「打つ手」無しである。大神が「ずぶの素人」で同じ立場に置かれたら「精神」に「破壊」を来たすことであろう。実のところ、大神は、二回目の「仕置」までは大いに悩んでいた。「合法とはいえ、何等責任のない人達の平穏を脅《おびや》かしてどうする……」。しかし、大神やK社には「違法」を承知で「債権の回収」を企む「度胸」も「機動力」もない。特に大神は「腕ずく」など「無理」。「強面」ではなく「柔和」。「大柄」でもなく「小柄」。追い詰められた状況下で生み出したのが「必殺の仕置」。大神は、自分に言い聴かせた。悩んでいる「暇」はない。悪いのは、事情はともあれ、借金、買掛金、工事代金等を支払わずに逃げ回っている「奴」、開き直っている「奴」、故意に財産を隠す「奴」ら。被害者の中には弁護士に支払う「着手金」の用意が出来ずに回収を諦め「泣き寝入り」する者も少なくない。

そして「奴ら」は「ほとぼり」が冷めた頃、否、その前でも別人、別会社を立ててゾンビのように生き返る。世の中この繰り返しだ。その様な中で現われたのが「泣き寝入りの被害者」の味方「大神大将」「必殺必中相続登記仕置人」その人である。TVドラマと違い、大神は独りで戦っていた。K社には数人のスタッフは居るが「箸にも棒」にも掛からない。積極的に何かを学ぼうとする「気概」が感じられないのだ。「六〇件」の「仕置」は、TVや映画とは違い、助っ人はいない。戦いの場も、全国津津浦浦、「相手」は「様様」。中には「策略」を用いて「抵抗」する者もいた。彼等も「必死」な思いだったのであろう。「窮鼠猫を噛む」。その舞台はY県○×郡□△町。債務者YEの実家は「果実の生産農家」。Yへの貸付金は二○○万円。あろうことか「公正証書」を作成していなかったのだ。何という体たらく。「委任状」を利用して作成するもYが行方不明で「送達」が出来ない。止むなく「公示送達」の申立てを経由した。被相続人YYは一○年前に死亡。妻YUも四年前に亡くなっていた。YEは五人兄弟の末弟。相続持分は一五分の三。大神の「仕置」「青天の落雷」に実家の跡取りYAもかなりの動揺を示していた。「今回も楽勝か」……。一週間……一○日過ぎたが具体的な動きが無い。「あれ、おかしいなあ」と思っていたところ、突然、二人の男性がK社を訪れたのだ。「アポイント無し」の場合は大方「敵状視察」、「様子伺い」と見た方が良い。YAと名乗る男はもう一人を友人だと紹介したが、少なくとも「農業」従事者でないことは彼の「手」が証明していた。話も「漫《そぞ》ろ」気も「漫ろ」。「砂」を噛んだような話、周りをキョロキョロ、大神をジロジロ。ものの一五分足らずで引き揚げて行った。大神は早くも今回の「仕置」の結果を見届けるのは「半年位先」になるという判断を下していた。それでも良し。大神の「仕置簿」に「失敗」の二文字は未だかつて無いのだ。案の上、その後、YAからの連絡はなかった。これも大神の想定内。彼らは、K社を訪ね、大神と会って「高《たか》を括《くく》った」のであろう。YAの隣の男は「金融」か「不動産」の「ブローカー」か。「K社も大神も大したことはない。話し合い等する必要ナシ。競売になったところで田舎の山林・畑の一部など買う物好きはいない。自分達で落札すれば、それで一件落着。YEの相続分を多少の金で跡継ぎのものにできた、相続の揉め事を回避できただけ寧ろ助かった」位に思っているに違いない。大神の想定より二ヶ月遅れでYEの持分の「入札期日」が決まった。K地方裁判所△×支部。入札最低価格六五万円。「入札会場」には「競売屋」らしき人物は数人。東京のそれとはかけ離れた「のんびり」とした雰囲気である。入札の締め切りまで後一五分。大神が「入札書」を手に席を立った時、突然壇上の執行官の真横のドアが開いた。会場に入って来たのは二人の人物。大神は「呆気」に取られた。誰あろう大神を訪ねたあの二人だったのである。ＹＡが執行官に何事か話し掛けている。執行官が壇から降りて二人と何やら話をし始めた。大神は俄には信じ難い眼を疑うような出来事に一瞬動揺したが、ここはあの二人に自分の存在感を誇示するチャンス到来と捉え、殊更「声高」に歌舞伎役者が「見得」を切るが如く発言した。「執行官。あなたがそこに居られるのは『入札』が公平公正に行なわれることを監督する為の筈。その者が、入札中に特定の利害関係者と打ち合わせをするとは、言語道断。前代未聞であります。本日の入札は直ちに『中止』することを求めます」とやった。端《はな》から要求が通るとは思っていないし、不利益を被った訳でもない。あの「二人」に「先制の打撃」を与えられただけでも会場に来た甲斐があった。後は、「落札」のみだ。こちらは、万一の事を考えて「請求金額」と同額で「札」を入れてある。「奴ら」がそれを越える金額で入札するなら、それも良し。さあ「開札」だ。入札者は「二人」。ＹＡの入札価格は六六万円。最低価格に一万円プラスとはご愛敬だった。閉会後、大神は、執行官に「お立場上誤解を招く様な行為は厳に慎んでもらいたいものです」。執行官は「いやあ、突然入ってきたものだから驚いてしまいまして」等と弁解していた。「打ち合わせ」をしていたのを見紛《まが》う筈がない。大神がわざわざ遠方の△×支部の入札会場に現われるとは思っていなかった。会場の雰囲気も「緩い」。つい、うっかり気を許してしまった。のが真相か。「奴ら」にも「Ｙさん。これで貴方は自分の不動産を処分することも金融機関に担保に入れることも出来なくなりました。我々はこの不動産に興味なんか一つも無いですよ。ＹＥさんに是非共伝えて下さい。Ｋ社から二〇〇万円を借りた時の感謝の気持を忘れるなと。それと、これはＡさん、貴方にとって非常に重要な話ですが、Ｅさんが我々にお金を返さないのであれば、今回はＥさんの持分だけの競売でしたが今度は全体に対して『不動産換価命令の申立』という手続きをすることになります。平たく言えば

Aさんの所の全部の不動産が競売に出されることになるんです。詳しい事は『横』にいる御仁か弁護士さんにでも聴いて下さい。大事《おおごと》になりますよ。我々にこれ以上面倒な事をさせないで下さい。Eさんに貸したお金を返してもらえばいいだけの話です。Eさんに必ず伝えて下さいよ」と念を押すように言った。YAは前回K社を訪れた人物と同一人物とはとても思えない程狼《うろた》えていた。落札出来なかった事に加えて大神の話がかなり堪《こた》えた様子だった。隣の「友人」とやらも最後迄身分を明かすことはなかったが実に「ばつが悪そう」であった。YAにあれこれ「知恵」を与けたつもりであろうが、「必殺仕置人」の歯牙にも掛からない。その後YEが借金全額を持参するのに大した日数を要しなかった事は言うまでもなかった。大神恐るべし。

大神の「仕置」に巻き込まれた人達は押し並べて大神に対して良い感情を抱いていなかった。それは当然であろう。しかし、何にでも「例外」はある。この「非情」な「仕置」にもあった。その舞台は、東海道新幹線「S駅」から車で約一〇分。債務者「SD」の実家は「アパート」、「駐車場」、「ゴルフの練習場」を経営していた。「S社」に四〇〇万円の融資をしたのは「仕置」の四ヶ月前。昭和六二年二月の事。代表「SD」が連帯保証人になった。SDの実家で「相続の開始」があったのは二年前。長男「SA」が亡父の後継者である。相続人は亡夫の妻とSA ら四人。大神が二つの「仕置」を下してSAに電話を入れた。返って来たSAの言葉の端端に最初の内は刺刺しさや苛立ちが感じられたが、「寝耳に水」という様子でもなかった。「大神さん。相続に全く関係の無い貴方がこの様な事を出来る筈がない。これは弟のDに頼まれてやってるのですね」。今迄この仕置をされた「相手」の反応は皆殆ど同じであったが、SAのそれは少し違っていた。大神の説明ももののかは意外なことを口にしたのだ。「今、『相続』の問題で弁護士に依頼している際中で、大神さんとこの場でこれ以上話をすることは適切ではないと思います。今日の事は弁護士に報告しておきます。事柄の性質上、有耶無耶には出来ません。必ず連絡を差し上げます」となった。「相続」の事で弁護士に頼んでいるのは何か。その事でDと揉めているのか。どうやらSAは大神をDの仲間なのではと疑っているようだ。何の音沙汰も無い儘一ヶ月が過ぎようとしていた。「今回は長期戦になるのでは。又裁判所の競売場迄足を運ばなければならないのか」と嘆息していたところ女子事務員が「大神さん。弁護士の『K』さんから電話です」と声を掛けた。「K弁護士?」初めて聞く名前である。「弁護士のKです。S市のSAさんの件でお話しさせて頂きたいと思いまして。Aさんからどの程度お聞きになっているか判りませんが、これ迄Aさんや他のお兄さん達と弟のD氏は父親SY氏の遺産相続の件で『調停』中でしたが、先日ようやく調停成立の運びとなりました。大神さんの件は、Aさんの方で『一時立替え』で返済をさせて頂く事になりました。お忙しいところ誠に恐縮ですが、○×月△日午前一一時に『新幹線S駅』の北口改札を出た所でお会い出来ないでしょうか。Aさんと二人でお待ちしておりますので。これ迄の経緯《いきさつ》もその時に詳しく説明致します。勿論、交通費はこちらで負担させて頂きます」。「仕置」した不動産が「相続」の「調停」中だったのは初めてのケース。「中立」が何時の事であったのか確認しなかったが、僅差で「唯一無二」、「必殺の仕置」が一敗、地に塗れていたかも知れない。危うかった。大神は胸を撫でおろした。当日の事、S駅北口改札を出るとそれと思しい二人の男性が立っていた。大神が声を掛けようとしたが、彼らは大神に一瞥をくれただけで、あらぬ方を見やっていた。「人違いか」。大神も二人と少し距離を置いて立った。一一時を過ぎてもK等は現われない。横の二人もそわそわと落ち着かない様子。大神は「やれやれ」と溜め息をつくように声を掛けた。「弁護士のKさんですね」。傍らのSAらしき人物が驚いたように大神の顔から足元迄二、三回確認して「お、大神さんですか。これは大変失礼しました。御足労頂き誠に申し訳有りません。どうぞあちらへ」と駅前に停めてあった車で向かった先が料亭「U」。SAに悪びれた様子が少しも感じられない。

「笑顔」なのだ。いつもの「仕置」の相手とは違う。個室でＳＡが切り出した。「その節は大神さんには色々と失礼な事を言ってしまい大変申し訳有りませんでした。こちら様が弁護士のＫ先生です。詳しい事は先生から説明して頂きます」。Ｋは「Ｄさんとはこれ迄何度も話し合いを続けて来ましたが「俺は子供の頃、何時も兄貴達のお下がりばかり当がわれ、その内に家から放り出されて散々苦労させられた。兄貴達は親父の財産で『のうのう』と暮らしている。相続を『平等』にするなんて『綺麗事』は俺には通用しない」と『法外』な要求をするばかりで『取りつく島もない』話し合いは『膠着状態』。金融機関からの借入れも儘ならず、周りの者は皆困り果てておりました。そんな所に大神さんの『差押』が入って『形勢は大逆転』。Ｄ氏の面目は丸潰れ。お兄さん達から『Ｄっ。お前は偉そうな事ばかり言ってたけど、何だ。この有様は』とこっぴどく叱られ、それ迄の威勢のよさは何処へやら。すっかり意気消沈。『相続』を巡るゴタゴタは一挙に解決となった次第でして、大神さんに助けられました。私も肩の荷が降りましたよ。大神さんは『福の神』。『神様、仏様、大神様』でした」と大笑い。Kは饒舌に続けた。「今となっては笑い話ですが、Aさん達は『大変だ。Dが東京の助っ人を送り込んで来た。大神という奴は『疫病神』、『死に神』だ。と血相を変えて私の事務所に飛んで来ましてね。Aさん達に理解させるのに苦労しましたよ。弁護士の私でさえ今回大神さんがやられた『手続き』は『理論』上は解りますが、実際にここ迄やった事は正直に言って有りません。その様な『依頼』が無いのですから。素人さんが驚くのも無理の無いことですよ」。隣でAが苦笑しながら頷いていた。一連の書類を取り交わし、貸付金を受け取った後で豪華な「昼食」の持て成しが用意されていた。二人共「えびす顔」。Aが「今日、大神さんとお会いする迄、東京の人は流石にやる事が違う。この様な事をする大神さんという人は恐ろしい人に違いないと不安な気持でお待ちしておりました。大神さんからお声を掛けられて本当に『ホッ』としましたよ」と二人して又大笑い。改札口であらぬ方を見ていた理由がこれか。又しても大神には「極悪非道」のイメージが取り付く。今回は更に「疫病神」、「死に神」とまでも。大神もSAの話には納得せざるを得ない。外見は何処でも見掛ける「凡庸」なサラリーマン。別にその様に装っているつもりはない。「生れ付いてのもの」しかし、やっていることは「冷酷非情」。必殺必中の「仕置」。これも必要に迫られてしていること。「ギャップ」の大きさがプラスかマイナスか良くは解らない。まあどうでも良いかと自分を納得させている内に「お開き」となった。SD以外の「関係者」に「傷」を負わせること無く、「感謝」をされたという「唯一無二」、「必殺仕置人」「大神大将《おおがみだいすけ》」の忘れられない「会心」の「仕置」であった。大神が「六〇件」の「仕置」の為に「調査」をかけたのが、他からの依頼分を併せると優に二、〇〇〇件を越えていた。調査の相手は債務者一人とは限らない。「連帯保証人」もいる。大神の調査は一つの「実家」だけに留まらない。仮りに債務者の実家で「相続登記」がなされていれば、更にその「上」（つまり被相続人の実家までも）を調べる。だから一件当り「交付」を受ける「住民票」、「戸（除）籍謄（抄）本」、「戸籍の附票の写し」、「改製原戸籍謄本」は平均七、八通。延べ一万五千通以上。戸（除）籍謄本だけでも一万通。そこに記載されている者は六万人を超えていたであろう。幾代にも亘って「相続登記」をしていないケースもあった。遡ること江戸時代の「文化天保」迄達したことが。これは本書の最終章で明らかにする。「必殺の仕置」は九年間で六〇件。これが多いか少ないかは読者の判断にお委せする。が、大神一人での数字である。「相続登記」がなされず「放置」されているのは決して少なくはないのだ。法務省が義務化の通達を出す「所以」である。大神の「仕置」は「債務者」の「行方不明」「開き直り」で「回収不能」となったものに下された「渾身《こんしん》」の「鉄槌」。一件当りの回収金一七〇万円。会計一億円を超えた。仕方が無いと諦めていたら「一円」たりとも回収出来なかったものである。六〇件全て何らかの回収が出来たのであるから野球に喩えれば六〇打数六〇安打、あのイチローさんも降参であろう。誰かに教わった訳ではない。K社の「窮状」を救いたい。「泣き寝入り」の人達の「力」になりたい。「逃げ得を許さない」。三つの思いが「窮すれば通じて」「唯一無二」、「必殺の回収方法」を産み出したのだ。「非情」、「死に神」と呼ばれても構わない。「合法」なのである。

さて、大神の日常は「法務局」での「各種登記申請」と「裁判所」に於ける「貸金返還等請求、手形、小切手金請求」各訴訟提起、各種の「差押申請」「不動産任意競売申立」等。しかし、この業界で財を成し、幅を効かせている者達から看れば大神のしていることなど「何を悠長なことを」と嘲《あざけ》ることであろう。貸出し先が倒産となれば「法」は二の次、我れ先に会社に乗り込み占拠。めぼしい物は掻っさらい、社長を監禁しあちこち連れ回して貸付金を回収する。「腕力」、「機動力」のある者が勝ち残って行く。「弱小」K社にはそれらの一つもない。開業して一〇年目の一九八一年（昭和五六年）肝心要《かなめ》の「利息収入」にも「蔭り」

が見えて来た。何らかの「手」を打たなくてはならない。大神は「競売不動産」の「入札」を会社に提案した。大神は入社二年目で「宅地建物取引主任者」の資格試験に合格していた。これには一寸とした「エピソード」がある。昭和四八年。不動産、建築、土木業界は「日本列島改造」論に乗っかり活況を呈していた。「取引主任」の試験には応募者が殺到。競争率は「一〇倍」を越えていた。当時「駆け出し」の大神には未だ「大任」を委されておらず「受験勉強」をする時間の余裕があった。夜間の「専門学校」に通ってみたものの「睡魔」との戦いに破れ、敢之無く挫折。しかし、周囲の「嘲《あざけ》り」が大神の「負けん気」に「火」をつけた。「嘲り」とは「……主任者の試験は不動産会社の「社員」ですら時には不合格となる程難しいもの。去年迄「フライパン」を握っていた者が合格する訳がない。「無理」も「無理」、「無謀」とまで。」そう、大神は「訳」有って「飲食業界」から「金融業界」に転進していたのである。約四ヶ月の間の「独学」で滑り込み「合格」。この時に得た「自信」がその後、「不良債権回収」の「担い手」として「法務局」、「裁判所」に活躍の場を広げていく後押しとなったのである。しかし「畑違い」の「仕事（競売不動産入札）」に挑んではみたものの、直ぐに大きな「壁」が立ち塞がった。何度「入札」を繰り返しても「落札」出来ない。連戦連敗。普段は「下手」に出る専務の「H」も明け透けに「大神君。入札保証金を調達する身にもなってくれ。これじゃ社員の士気にも影響するよ」と不満たらたらであった。連敗の原因は程なく判った。第一に、狙いをつけた不動産の「買い」と「売り」の「査定」が甘いこと。第二は、「入札」の「競争相手」との「力」の「差」である。「力」とは「資金力」と「販売能力」。第一の「査定」は「不動産仲介業者」に依頼することでクリア。「餅は餅屋」である。「業者」には「落札」出来たら「専任媒介」で依頼することを約束する。これを堅守することで「業者」にヤル気を起こさせる。問題は「第二」だ。「力」競べは無理だ。ではどうする。答えは一つ。「競争相手」が「手」を出せない不動産に入札することだ。「手」を出せないとは、貸金回収目的で金融業者が直接あるいは「アウトロー」に頼んで占有している不動産が主なものである。俗に言う「事件物」だ。大神は裁判所の「現況調査報告書」、「物件明細書」の「内容」から「占有者」の「権限」をほぼ「的確」に判断することができる。「占有者」の殆どが「立退料」目当て。それは「経費」として多めに見積り、交渉して出来る限り抑える。「建て前」を主張して来たら殊更「無視」しない。一応は相手を立てる。万一、「明渡し」の裁判になったら「用意周到」時間を無駄にしない。一年も経たない内に大方「音」を上げる。その間の「金利分」も織り込んでおく。さあ。戦闘再開。大神の「競売不動産」の「仕置」は大成功。机の引出しの「名刺管理帳」には「仕置」で立ち退せた者達からの「金・銀」の文字「日の丸」や「菊」の絵で飾られた「派手な名刺」が「綺羅、星」の如く集まっていた。数多くの「落札不動産」の中、大神にとって印象に残る数件を紹介しよう。一九八四年（昭和五九年）秋、S県K市内の

「一戸建」「所有者居住中」俗に言う「傷の無い」物件。入札者は大勢だろうが、価格も手頃。「駄目元」で入札したところ、思いがけず「落札」となった。「売却許可」の「決定」が「確定」した後に所有者「Ｏ」に電話を入れると「Ｏ」が意外な事を言って来た。「大神さん。それは何かの間違いです。今回、競売に出した金融機関と話が付いて『競売』の申立を『取下げ』してもらいました。東京の弁護士Ｂ先生に委せていますので、そちらに連絡して下さい」。大神は「間違っているのはそちらだろう」と思ったが、念の為「Ｕ地方裁判所民事部不動産競売係」で確認を取ったところ「落札」したことに何の問題も生じていなかった。「Ｏ」が言っている事が「間違い」でなければ「可能性」は「唯《ただ》」「一つ」それは「有ってはならない事」だが、Ｂ弁護士が裁判所に「取下書」を提出していないことになる。これ以外には考えられない。事務員の単純ミスか。Ｂ弁護士はどう出て来るのか。電話を掛けた。Ｂは「大神さん。その件は当事者間で話し合いがついて競売は『取下』となり、従って、入札は無効です。これから書類を送りますので『判』を押して返送しておいて下さい」と「事も無げ」に言って来たのである。Bは大神のことを侮《あなど》っていた。Bに勝ち目は無い。Bは裁判所に「取下書」を提出していなかったのだ。恐らく提出するのを忘れたのであろう。弁護士といえども「人間」。忘れることはある。許せないのは、大神を「素人」と見縊《くび》り、うまうまと「取下」に同意する書類を巻き上げようとしたことだ。大神は冷静に言った。「Bさん。勘違いをしないで下さいよ。私は専門に、競売不動産を取り扱っている者です。先ず、その事を認識して頂かないと貴方はこれから大変なことになりますよ。本件は既に『売却許可決定』が『確定』していますから貴方にどれ程の『力』があろうともこちらの『同意』がなければ『取下』も『売却』の『取消』も出来ないのはお解りのはずでしょう。貴方の話には全く『誠意』が感じられない。自分の『ミス』を『棚』にあげ、私を誑《たぶら》かして『判』を押させようとする姑息さが見え見えです。書類を送る必要は有りません」。Bの慌てる様子が見えるようであった。Bは「お、大神さん。大変失礼しました。今晩、会って頂けませんか。何処でも何時でも構いません」と必死になっていた。Bが懇願したのは無理もない。このまま大神が手続きを進めてしまえば、Bは所有者に多額の損害を賠償しなければならなくなる。それだけではない。事の次第によっては所属する「弁護士会」から「重い」「処分」を下されるのは必至だ。Bは大神に対してどう対応するつもりなのか。午後八時、新宿歌舞伎町「F」会館にB弁護士は来た。五〇代か。上背のある恰幅の良い男だ。当然低姿勢。胸の「バッヂ」が「事務員」のせいだと弁解していた。どう解決するのか、問い正そうとする機先を制するようにBは「鞄」から突然、「白い」物を取り出した。何とそれは「白旗」ではなく「白い」「小切手帳」だった。Bはそれを開くなり「白地」の「金額欄」を指して「大神さん。今回、入札を撤回して頂く見返りとして御希望の金額を記入して下さい」と切り出したのだ。流石がの大神もこれには「度肝」を抜かれた。弁護士らしからぬ「ミス」を。と呆れていたところに又しても「らしからぬ」振る舞い。「型破り」、「向こう見ず」否、「潔良い」。これが「パフォーマンス」だとしても、大した度胸である。大神がとんでもない数字を書き込んだらどうするのだ。逆の立場になったら大神には出来そうもない。大神はBに対しての「敵愾心」は薄れていた。「良し。ここは『程々』にしておこう。『隙《すき》』を見せない偉振った弁護士よりはこの『破天荒』な人物の方が面白味がある」と最低の利益を確保して「一件落着」としたのである。Bは大神の手を両方の手で握り締め何度も揺すりながら感謝し「これをご縁にお付き合い願います」と言っていた。約半年後Bは大神に新宿区内の「地上げ」の「トラブル解決」を依頼し、大神は知人に丸投げしたが人伝ての話ではB弁護士は、双方代理まがいの手法で巨額の「報酬」を手にしたらしい。「人間万事塞翁が馬」を地で行く結末となったのである。

次は、大神が「札付き」の金融業者の「厭がらせ」に「倍返し」の

「仕置」をした「競売事件」である。これには「釣り上げた雑魚」の腹中に大きな「ダイヤモンド」が入っていたという「おまけ話」までくっついていた。一九八七年（昭和六二年）秋、大神がひまつぶしに欠伸《あくび》をしながら「競売情報誌」を読んでいた時、一つの「小さな物件」に眼がとまった。不動産の所在地は「住所」からJR×△駅前。「店舗」、「専・・・有部分の床面積五〇平方メートル。最低入札価格八一〇万円」事件番号からすると競売に出されたのは三年以上前。占拠者がいるが、「買受け人に対抗出来ない」となっていた。「特急」が停まる駅前にあって、この価格。「マンション内の一階店舗としても安過ぎる」と大神は思った。何故買い手が現われないのか。欠陥でもあるのか。大神は取引実績がある地元の不動産会社F社の営業マンGに電話を入れた。実直なGは開口一番「大神さん。その物件なら買わない方がいい。F市の悪徳金融業者『V』が占拠していて誰も手が出せない」と切り出した。大神は「Gさん。心配しなくていいですよ。こちらは、そういう『曰く付き』の不動産を専門に入札していますから。どの位の値段で売れますか？」Gは「いやあ、よした方がいいと思いますけど……。でも大神さんが落札して、売り物件に出来ると仰るなら、当社で二五〇〇万円で買い取らせて頂きます。『PRセンター』にしたいので」。大神は一二五〇万円で入札することにした。「明渡し」に一年かかっても一〇〇〇万円儲かる。「入札期間」は明日迄。事前調査の時間が無い。Gは信頼出来る人物だから今回「調査ナシ」で入札することにした。結果は僅か五〇万円差で「落札」となった。K社以外の入札は一社。競売を申立てた金融機関の取引先らしかった。早速現地に向かおうとしたが、あいにく車は「車検」に出していて「足」が無い。丁度「義弟」の「S」がK社に来ていた。Sに頼むと二つ返事でOK。Sは大神の「弟」の妻の「兄」。大神より一つ年下である。八年前に弟からSを紹介された時は大いに「落胆」したものである。「ああ、この男と一生親戚付き合いしなければならないのか」と。何しろ外見が凄まじい。身体の造りがダイナミックなのだ。丸坊主で眼は大きく鋭くてギラついている。両耳はつぶれていて鼻は獅子の如く、口は並みの倍以上。唇はぶ厚く、そこから発せられる声たるやダミ声で話せば「落雷」の如し。身長は一七〇センチ余りだが、「ビヤ樽」の様な体形。初めて会えば泣く子は更に引きつける、その筋の者も必ずたじろぐ。しかし、Sは遊び慣れていて話し上手なせいか夜の「クラブ」等では実にモテるのだ。興に入ると「ガマガエルの様な口で薄造りのグラス」をカリカリ音を立てて噛み始め、すっかり白くなった物体を口から出して見せる。「ホステス」達は「キャーキャー」言って驚き喜ぶ。人伝ての話だが、Sは「川釣り」に行って、一匹ずつ釣るのは面倒と、あろうことか車のバッテリーに継いだ「コード」を川に投げ入れ「魚」を気絶させて獲った等、「やりたい放題」、「型破り」。以前は長いこと大型ダンプの運転手をしていたが現在は天賦（？）の容姿を生かして「取り立て」を業としている。弟の話ではSは幼少の頃両親を亡くして一時寺の住職のお世話になったとか。僧侶にならなかった事情は読者のご想像に委かせるとして「外見」は実に怖いが、付き合ってみると「お人好し」で「金」と「女性」には「緩い」のだ。大神のことを「大ちゃん」と呼びしばしば金の無心をするが憎めない男なのである。余談はこの位にして、×△駅北口に立ったが、お目当ての「マンション」が見つからない。「おっかしいなあ、F社のGは物件を確認している筈なのに。……」眼の前にそびえ立つのは「□×デパート」。Sが「大ちゃん。あんたが落札したのは、このデパートの中の『店』じゃないの？　だとしたら大変なことだよ。F社に売るこたあないよ」

デパート内の店舗が「競売」に出されるとは前代未聞。しかし眼の前にあるのは「デパート」だけだ。Sの言う通りだとしたら釣り上げた小魚の腹の中に大きな「ダイヤモンド」が入っていた様なものだ。事前の調査なしで買い付けたのは自慢出来ることではないが、小躍りしたい気分だった。冷静に振り返るとF社のGが「会社のPRセンターにしたい」と言っていたのも頷《うなず》ける。だが、彼はデパート内の店舗だとの一言

いたのか、あるいは大神が当然知っていると思っていたのか。それにしてもこれ程希少価値のある物件にもかかわらず、一都三県、星の数程うごめいている「海千山千」の不動産屋、競売屋、ハイエナの様な連中が手を出せない「V」とは一体何者なのだ。流石の大神も少し不気味さを感じながらGに詳しく聴いてみると、×△駅北口の「再開発」の時に「地権者」達の中に「立退移転料」を貰わずに新しく完成した「□×デパート」の「区分所有者」になった者が何人かいて、その中の一人Fが「ギャンブル」にのめり込んで多額の借金を抱えた挙句に「V」に店を乗っ取られてしまった。Vは地元では悪名高い男で今迄誰も手が出せなかったという事実が判った。今度の相手はかなり骨っぽい様だが、やり甲斐は十二分だ。大神は頃合いを計ってVに電話を入れた。Vは「大神さんよ。あんたも物好きな男だね。立退料はどの位払ってくれるんだい」と余裕綽綽、大神を小馬鹿にするような口調だ。大神が「一〇〇万円位でお願いしたいのですが」と下手に出たところVは豹変して「惚けた事を言ってんじゃねーよ。こっちはFに三〇〇〇万円貸してるんだ。あんたの方で三〇〇〇万円払ってくれるんなら出てやってもいいが、それ以外の話には乗れない。裁判でも何でもやりたきゃあやりなよ。そうなったら五、六年は覚悟しておいた方がいいな」。大神も負けてはいない。Vの話は占拠者の決まり文句。Fの保証人でもないのに代りに三〇〇〇万円を払えとは「筋違い」も甚だしい。Vをこのままの・・・さばらせて置く訳には行かない。大神は義憤に駆られながら言い返した。「私は世界の東京でとんでもない連中を相手にしながら仕事をしているんですよ。お宅は地元で大層幅を利かせているらしいが、こちらの連中に較べたら雑魚もいいとこ。近い内に明渡しの裁判を起こすのでその時に裁判所に来ればいい。五、六年居坐れるかどうか判るから。お宅が無理難題を押し付けるなら必ず『倍』にして返しますよ。後で泣き事を言わない様に」と告げて電話を切った。競売不動産の「占拠者」とは大方、それなりの「金」で片が付く。しかし、今回は数字の開きが余りも大き過ぎて「話し合い」は無理だ。こうなったらVを一日も早く叩き出さなければならない。大神の頭の中には、この時既に「倍返し」の構想が出来上がっていた。「千載一遇」とは正にこの事。「空前絶後」の「獲物」。絶対逃がす訳には行かない。「明渡し訴訟」の手続きは、「用意周到」且つ「迅速」に行う必要がある。今回はかなりの利益が見込めそうなので弁護士費用は気にしなくていい。百戦錬磨の大神は訴訟手続きは弁護士に委かせ、その後のVとの対決に全力を注ぐことにした。直ちに顧問弁護士Mに関係書類を渡して「建物占有移転禁止仮処分」の申立てと「建物明渡等請求」訴訟の準備を依頼した。そして「売却許可決定」確定後、裁判所からの残代金払い込み通知書が届く前に落札残代金を納付し、「所有権移転」登記後の謄本の交付を受けて「必殺の競売不動産の仕置」がスタートした。果して一回目の「口頭弁論期日」にVは弁護士と共に裁判所に現われた。「小太り」、「ギョロ眼」「額」は頭の後ろ迄ある。裁判官が「双方の主張」と「話し合いの接点」の有無を確認した後に、次回迄に新たな証拠が出なければ「審理」は終結する旨告知して終了。その間僅か十分足らず。大神を睨み付けていたVは「呆然」、「悄然」としていた。「執行裁判所」の「現況調査報告書」と「物件明細書」に加えて大神側が申立てた「仮処分」で占有者の現状は明白。「新たな証拠」など出て来る筈がない。閉廷後にVの代理人弁護士が近寄って来たが、大神は敢えて無視した。訴訟提起から約五ヶ月後、大神側勝訴の判決。これに対して大神が予想した通り、Vは「判決」に対して当然の如く「控訴」してきた。売られた喧嘩は買うしかない。Vは「明渡し」の攻防で懸命に「鎬《しのぎ》」を削っている。彼の脇は「ガラ空き」だ。そこに「小刀」を突き刺し「抉《えぐ》る」。小刀とは、判決の第二項に被告は原告に対して本訴提起から明渡しに至る迄一ヶ月金二〇万円相当の「損害金」を支払え。これは「仮りに」執行することが出来る。の一文である。平たく言えば「明渡しの裁判中」であってもその間に発生した損害金回収のためにVの財産を差押えることができるのだ。大神の目的は「明渡し」

であって損害金目当てではない。では何故そこ迄やるのか。それは「強欲」や「いやがらせ」で居坐わる連中への「鉄槌」、「倍返し」が目的なのだ。さあ、Ｖの「急所」は何処か。Ｖは貸した金を回収するために債務者の家に乗り込んで「身包《みぐる》み」を剥《は》がすような事を何度もやっていたに違いない。それに似たような事を「合法的」にＶに対してやる。何処でだ。Ｖの自宅でやる。大神はこれ迄、不良債権回収のために好むと好まざるとに拘わらず百軒以上の「家財道具」の差押に関わって来た。一般的に「経営」に余裕のある金融会社は家財道具を差押えたとしても、後の始末は道具屋と称される古物商に委かせ、競売後何がしかの「売却代金」を受領し、未回収分は損金で落して一件落着とする。差押えられた債務者も心得たもので家財の競売日に（債務者に依頼された）道具屋が競り落した金額に数万円を上乗せして第三者名義で買い戻す。道具屋は濡れ手に泡で儲かり、債務者もその後は第三者の所有物だと主張して債権者に対抗することが出来る寸法だ。しかし、Ｋ社は「弱小企業」。

指を啣《くわ》えて道具屋や債務者のなすがままにして置く訳には行かない。差押えた家財道具が債権回収の唯一の手立てという場合が少なくない。K社で競り落して、それを武器にして債務者から新たな保証人を立てさせたり、返済の為の交渉に持ち込むことも。誠意を示さない場合はトラックで競り落した家財を運び出すことを匂わせる。債務者は想定外の事態に面喰らい大方「交渉の席」に着く。駆け引き、心理作戦。たかが家財、されど家財。永年使用して愛着のある物も。家族の中には取り乱して大神に刃物を向けたり、ロッカーから猟銃を取り出す者もいた。仕事とはいえ厭な役目である。だからK社の他の社員は皆「家財の差押え」や「競売の立ち会い」に二の足を踏む。大神も人の子、受けるストレスは半端ではない。数多くの家財の差押えに直面することで追い詰められた人間が土壇場で曝け出す姿を眼にして来た。大神にはこれから下す仕置によってVやその家族が受ける衝撃の大きさが手に取るように解る。

Vは周りから怖れられているから益々つけ上がる。「怖い者無し」だ。

厚かましく法外な要求も平気でしてくる。「奴」をのさばらせて置くのは世の中の為にもならない。「お山の大将」を千尋の谷底に突き落してやらなければ。

大神は義弟のSに「明日Vの家に乗り込む。付き合ってくれ」と頼んだ。Sは「大ちゃん。無理だよ。Vの事だから監視カメラやセンサーで防御してるよ。ドーベルマンでも飼ってるんじゃないか」。大神「大丈夫。Vがどんなに抵抗しても国家権力に敵うものか。家財の差押に行くんだよ。玄関のドアを開けなければプロの鍵屋を使うだけさ」。Sは「何だ。それを最初に言ってくれよ。善は急げだ」と意気込んだ。大神は使命感に燃えていた。「さあ、仕置のクライマックスだ」。執行官、大神とSがVの家の前に立った。「豪邸」だ。二階建てだが並みの三階建て位もある。

執行官がインターホン越しに裁判所から来た旨を伝えると怪訝な顔でドアを開けたのはVの妻らしい。動揺を隠せないでいる。恐らく初めての出来事だろうからそれも当然か。Sの存在もそれに拍車を掛けたであろう。これも大神の計算の内。執行官が訪問の目的を伝え、差押申立債権者が請求している一二〇万円の現金をこの場で支払ってくれれば家財の差押はしないで帰ると告げると妻は「ちょっ一寸と待って下さい。主人に連絡します」と言ったもののVと中々連絡が取れない。業を煮やした執行官は「それでは手続きに入ります」と告げてダイニングルームから差押物件のリストに記入し始めた。その時、漸くVから電話がかかって来た。妻は溜った怒りと焦燥を一気に打《ぶ》ちまけるように「あなたっ。今、裁判所の執行官とかいう人と、大神さんと名乗る人達が突然押しかけて来て家の中の物を差押えしてるのよっ。これは一体どういうことなのっ、何をやってるの?」。Vが（大神と）電話を代われと言っているようだった。大神は「Vさん。私を甘く見ているからこういう様《ざま》になるんだよ。奥さんは気の毒な位に動揺しています。否、差押を中止する訳にはいかない。Fの保証人でもない我々に三〇〇〇万円を払えなんて見当違いな事を図々しく言う人間を信用出来る筈がない。差押えた家財道具の競売は二週間先だ。それ迄に素直に控訴を取り下げて店を明渡しなさい。あんたが駄駄を捏ねてこっちの要求に従わないなら差押えた家財は競売日にこちらで競り落してトラックで運び出すまでだ。あんたもF市では何かと評判の男らしいが、これ以上奥さんを悲しませる様なみっともないことはしない方がいいよ」。Vは「わ、解った、控訴は直ぐ取り下げて店も明渡す」と吐き出すように言った。Vには店の明渡しの攻防戦以外の出来事を想定する能力は皆目無かった。Vにとって家財の差押は青天の霹靂であったろう。Vが受けた仕置の傷は当分の間癒されることはあるまい。大神の完璧な倍返しであった。必殺仕置人大神大将。恐るべし。Vの家から立ち去る際、大神は敢えてVの妻に「お騒がせして申し訳有りません。ご主人に少し反省してもらう為にした事です。悪く思わないで下さい」と伝えてVの最大の急所を抉った大神の仕置は終了した。さあ、これからこの途轍もない獲物をどう料理するか。隣の市内で不動産の仲介業を営んでいるZがいた。誠実で実績もあった。同い年。名前も大典《だいすけ》。Zは「デパート内の店舗が売りに出るとは信じられない。大神さん、一体どの位の価格で売りに出すつもりですか」

大神「まだ決めていません。否、正直な話、決められない。Zさんの力を借りたい。専任媒介で結構ですから腰を据えてやってみて下さい」。二、三日後Zから「大神さん。何しろ販売事例がありません。率直に言って最低幾ら位の売り値を考えておられますか」。「元手は何だかんだで約一六〇〇万円だから一億円でも御の字だけど」。Z「買い手が付いたとしても駆け引きされるでしょうから、取り敢えず験をかついで一億八千万円で売り出してみましょう。全く予想もつきませんが反応を見るしかないです」。大神はデパート内の店舗とはいえ、僅か五〇平方米の店。Zの示した価格は有り得ないと思ったが、委せることにした。二週間後Zから電話が入った。声が明らかに上擦っていた。「お、大神さん。買い手が決まりました。しかも値引きなし。都内でディスカウントショップを経営している人ですっ」。正にバブル経済が始まる時期の現実離れした出来事。契約当日に買主として現われたのは七〇才前後の男。「億単位」の金を動かしている風采には見えなかった。しかも終始自分の方から話を切り出すことはなかった。この件では後日談がある。「取引」終了から約二ヶ月後のことであった。大神がF市内の物件調査を終えて、件《くだん》の□×デパート近くを通り掛かった。「そうだ。あの『店』では、今どんな商売をしているのだろう」と気になり、立ち寄って仰天した。その店は「ディスカウントショップ」などではなく、何とVが占拠していた当時と同じ営業、しかも店内で働いている三人のスタッフも当時と変らぬメンバーの様であった。「これは一体どういう事だ。あの『胡散臭い』買主はVの『替え玉』だったのか……。成る程。周囲から『悪徳』と見下されるVにとって『デパート』内の『店』を所有することは彼の社会的地位を高める『ステータスシンボル』になる。絶対に手離す訳にはいかない。競売入札では大神に遅れを取ったが

『金』に飽かせて取り戻した。というのが真相か。それが事実だとしたら『敵』ながらあっぱれと言う他はない。大神に完膚なきまでやっつけられながら『初志』を貫徹する」。一方、大神はといえば、予想外の「獲物」に舞い上がり、すぐに手離した。それで得た「利益」の殆どは、K社が抱えていた「累積赤字」の「補填」として消えてしまった。正に「バブル」、「泡沫《うたかた》」今、残っている物は何もない……。今回の「戦い」の真の「勝者」は大神ではなくVだったのか。大神は「敗北感」、「虚無感」に襲われてその場に立ちつくしていた。自宅に戻ったのは夜一一時。寝室を覗く。「パジャマ姿」の天使達の可愛い寝顔に「荒《すさ》んだ心」が和《なご》む。明日は土曜日。家族で「ファミレス」へ行く約束をしていた。パジャマに着換えてグラス片手に隣の部屋で明りを消し、ビデオの「禁じられた遊び」を観る。「薄幸な子供の映画」にはからきし弱い。幼時の自分の姿がオーバーラップしてくるのだ。邦画では「警察日記」とりわけ「砂の器」は何度観ても「涙腺」が緩むからティッシュペーパーは欠かせない。洋画では他に「汚れなき悪戯」「シヴェールの日曜日」。独りチャップリンの「街の灯」は大神にとって「バイブル」に等しい。独り涙していたらトイレから戻った第三の彼女が「馬鹿みたい」と捨て台詞を吐いて通り過ぎた。翌朝布団の中でモゾモゾしていたら天使がダイブして来た。「お父さん。お約束でしょ。『○ー×』へ行こう。妹の方だ。「うーん。そうだった。まだ眠い」。隣の侍女にも一応声を掛けてみる。「お母さんも行く？」第三位の彼女は返事をするのも面倒とばかり「ゴロリ」と寝返った。すかさず姉の天使が「お母さんは低血圧で朝起きられないの。可哀想だから寝かせてあげて」と庇《かば》う。何とも健気《けなげ》である。「俺の両親が田舎から遊びに来ている時は朝早くから台所にへばりついているくせに」。二人の天使と家の近くのファミリーレストラン「○ー×」へ。天使達は実に楽しそう。それを「肴」のビールは格別美味い。「金」と「不動産」、「欲」と「欲」が絡み合う「ちみもうりょう」の「地獄」から大神を救い上げてくれる二人の天使。姉の天使が「お父さん。お母さんが食べる物注文した?」「いけない。忘れるところだった」。慌ててメニューを開いた。「えーと。お母さんが好きな物は『カルボナーラ』。野菜サラダもつけよう」

「相続の仕置」に話を戻そう。一九八八年(昭和六三年)六月。K社の代表Oから「大神君。私の友人Wが知り合いの『UL』に六五〇万円貸した儘返済してもらえなくて困っている。Uは事業に失敗して今は奥さんが夜働いて彼はその送り迎えをしているとかで『ヒモ』みたいな状態だからWも完全にお手上げ。Uから預かっているのは『借用書』三枚だけだというんだ。ここだけの話だがWは当社の有力なスポンサーの一人なんだよ。Uからの回収に手を貸すことが出来ればWに対する私の立場も良くなる。大神君。普段忙しい君に頼むのは心苦しいが、一つ『力』になってくれないか。Uは借家住まいらしいが、Wの話では、Uはいつも『俺の実家の主は先祖代々、四国で指折りの有力者だった。地元の銀行設立にも貢献した』と自慢していたそうだ」。大神はWとUには一度も会ったことはなかったから、最初の内は気分が乗らない。知り合いとはいえ担保無しに六五〇万円も貸すとは。恐らく「高利回り」の甘言に釣られて貸したのであろう。口約束で金を貸したら立場はすぐに逆転する。借りた者が強くなるのだ。その次に前に借りたのを一緒に返すからとか、後幾ら幾ら貸してくれないと前の分も返せなくなると言われて「深み」に嵌まっていく。WとUの関係も大方この様なものに違いない。Wは外資系出版会社日本支社の重役だと言う。Wに同情する気にはなれない。重い腰を上げて取り敢えずULの住民票を申請。同時に「簡易裁判所」に「支払命令申立書」を提出した。住民票からULの本籍地が「E県〇×郡……」と判明。Wの言う通りである。図書館の住宅地図でUの実家らしい建物を確認。建物の周りは広い空地になっていた。「畑」や「里山」のような土地も。「除籍謄本」からULの父、UYが一九八二年（昭和五七年）に死亡していたことを確認。地元の司法書士Aに〇×郡□×町□×、〇〇〇番地△UY名義の土地建物登記簿謄本の交付申請を依頼。更に「登記簿」を「閲覧」の上、周辺のUY、その父親のUD名義の分の申請も依頼する事を忘れなかった。約二時間後Aから「建物は『未登記』、土地についてUY、UDの名義は無い。名義人は『UB』。どうやらあの近辺は数代に亘って『相続登記』がなされていないようです」との連絡が入った。「数代に亘って相続登記をしていない？『UB』と『UD』の関係は？」。大神は直ぐに顧問弁護士を通して○×町役場戸籍課にUDの除籍謄本交付申請書と、UBとUDの間に「親族関係」が存続している場合は、UBの「出生」からUDに至る全ての除籍謄本の交付を依頼する旨を記載した申請書、UDとULの関係を証明する書面、「相続代位登記申請」の代位原因証書の各写し、交付手数料分の定額小為替を同封の上郵送した。少なくとも一九八二年に「UY」について「相続」は「開始」されている。「UB」と、「UY」の父「UD」の間に「親族関係」はあるのか。「結果」は「吉」と出た。「UB」は「一八七一年（明治四年）」にUAから代を受け、次に一八九三年（明治二六年）に「UC」が「UB」の「隠居」で跡を継いだ。一九二〇年（大正九年）UCの家督を相続したのが「UD」だった。大神は逸《はや》る気持を抑えて司法書士Aに連絡した。「UB名義の土地の謄本を可能な限り申請して下さい」。Aから「三〇通」を越える謄本が送られて来た。その八割以上の「地目」は「山林」であったが、「地積」は会計二〇万平方メートル（約二〇町歩）にも及ぼうかという広大なものであった。これに驚いてばかりはいられない。大神にはこの後大仕事が待っていた。七代にも亘ろうかと思われる「相続関係説明図」を作成しなければならないのだ。ここ迄五九件の「仕置」全てに「結果」を出して来た大神であったが、これ程大規模な「相続の調査」をしたことは無い。その「スケール」の大きさは「群を抜いて」いた。が然大神の「ヤル気」に火が付いた。「相続関係説明図」はどれ程の規模になるのか。「UL」はどの様な動きをするのか。「闇」の中を手探りで進むが如く六〇回目の「仕置」が開始された。最初の「手枷《てかせ》」となったのが「除籍謄本」の「中味」であった。「明治」、「大正」と「昭和」の初期に編成されたものは殆どが「手書」それも「毛筆」による「草書体」。まるで「古文書」を読むが如し。慎重に解読して行く。次の「足枷」となったのが、「相関図」の「上位者」の「生年月日」。最上位の「ＵＡ」は「文化八年」、「ＵＢ」は「天保四年」。以下「弘化」、「嘉永」、「安政」、「文久」と続いた。大神は「高校生」の頃、「日本史」は不得意ではなかったが、当時の教科担当の老教師は「平家と源氏」あたりから「講談師」よろしく饒舌になり「関ヶ原」あたりで二学期が終了。後は「駆け足」。そのせいもあってか大神が「江戸時代」の末期で記憶に残っているのは「安政の大獄」位。その前後の「年号」は皆目解らない。スマートホン等無い頃の事止むなく書店で「年表」を買い求め、それと首っ引きで事を進めた。依頼を受けてから約二ヶ月半後の八月末日頃、漸く「七代」に及んだ「相関図」が出来上がった。「相続人」は何と三六名。その内「代襲相続者」は二四名であった。改めて「数十通」の戸（除）籍謄本と「相関図」の「照らし合せ」を始めたところ、「戸主」「UC」の除籍謄本の中に不可解な記載があることに気付いた。UCの第四子から第七子の「父親」があろうことかUCの「父親」「UB」となっていたのである。これは役所の記載間違いではない。UC本人が届出をしているからである。仮りにこの届出に誤りがあったとしても「UC」から「UD」への「家督相続」に支障を来たすことは無いが「相関図」は作成し直す必要があるのではないか。更に「奇妙」だったのはUCの第七子の「生年月日」は「一九〇一年」。父親の「UB」はその二年前の一八九九年に死亡していたのである。「UB」は二人いるのだろうか。あれこれ思案していたところに大神の人生を左右しかねない「重大」な出来事が勃発した。九月に入って間も無く、社長のOから「会社はこの数年慢性的な『赤字』で苦しんで来た。□×デパートの店舗の売却で一息ついたが、この先は不透明でこのままでは君らの『給料』の『遅配』があるかも知れない。『退職金』を少しでも出せる内にということで断腸の思いだが来年三月一杯で会社を解散したい。希望があれば『転職』の斡旋をさせてもらう」。大神もこの事は「薄薄」感づいていた。「デパート」の「店舗」の売却で「資金繰り」に「余裕」が出来た筈なのに、その後の「入札保証金」の「手配」がスムーズに行なわれなくなっていたからである。「何かあるな」とは思っていた。この世界に飛び込んで約一六年。かなり「危ない橋」も渡って来たが、まだ四二才。「やる気」がある限り「道」は開ける。残すは六ヶ月余り。「やりかけ」の仕事は二つ。その一つが「UL」への「仕置」だった。恐らく、これが最後で「最大規模」のものになるであろう。本音を言えば「遣り甲斐」に欠ける。しかし、与えられた仕事には「ベストを尽くす」。それを貫徹するのみだ。それにしても、「UB」の件はおかしい。「死者」が子供を産ませることは有り得ない。「謄本」の何処かに何かの事実が隠されているのではないか「最初から一つ一つ『虱潰《しらみつぶ》し』に調べてやるっ」。始めてから一〇分程過ぎた頃「UC」の「除籍謄本」の一枚目に「明治二六年（一八九三年）九月一二日前戸主ＵＢの隠居により、その家督とＵＢの氏名を相続」……と記載されていたのである。「謎」は解けた。「ＵＢ」は二人いた。「ＵＣ」は「ＵＢ」でもあったのだ。大神の「二〇〇〇件」にも及ぶ「相続の調査」で初めて体験した事柄である。「相関図」は「Ａ４」版の用紙では間に合わない。

「四国」への「日帰り」の「出張」は楽なものではなかった。「Ｍ飛行場」から「電車」と「タクシー」を乗り継いで何とか二つの「仕置」をやり終えた。「相続代位登記」の申請は無事に通るのか。「補正日」に確認する迄の間は「針の筵《むしろ》」状態。「仕置」の為の最大の「難関」だからである。次の問題は「誰」と交渉するかだ。ＵＬの実家を継いだ長男は既に亡くなっていた。その家族に「話」をしてみたが「暖簾に腕押し」。二男も他界していた。その他三名は他家へ嫁いでいた。末の子が「ＵＬ」「箸にも棒」にも掛からない男。「やるだけの事はやった。社長のＯや依頼者のＭにあの『相関図』を見せれば、納得することだろう。今回の費用は会社が負担することになるのは仕方が無い。社長のＯからの依頼だからＯ個人に負担してもらうべきかも知れない」と割り切り一ヶ月が過ぎた頃、四国の「Ｎ」弁護士から連絡が入った。何でも「ＵＬ」の「叔父」「ＵＹ$_6$」からの依頼で本件の処理にあたることになった。就いては請求の六五〇万円の内四五〇万円で解決出来ないか。勿論「ＵＬ」からの委任も取り付けてあるとの事であった。

　Ｏを通してＷは承諾した。「相関図」で確認したところ「ＵＹ$_6$」は「ＵＹ」の「末弟」で三六人の「共同相続人」の内の一人である。約束の日に「Ｎ」弁護士と型通りの取引を終えた後、Ｎは大神に「お手元にある『相続関係説明図』を頂く訳にはいきませんか」と切り出した。やはりＮにとっても大神の「仕置」は初めて眼にしたことなのであろう。「仕置」が終れば「相関図」に興味など全く無かった。寧ろ、Ｎ弁護士にこの件を依頼した「ＵＹ$_6$」のこれからの「動静」が気になる。「相関図」では被相続人「ＵＤ」の第六子。「ＵＹ」の末の弟で「共同相続人」三六名の最年長者。「相続持分」も「六分の一」と最も大きい。何しろ全体で二〇町歩以上もあるのだから。他の相続人は全てUY$_6$の「甥」か「姪」やそれらの子供達。「遥か昔」の相続のことなど解る筈等ないし関心もない。それぞれ「委任状」一枚で自分の物に出来る。UY$_6$にとっては「降って湧いた話」「棚から大牡丹餅」になったということか……。会社も間もなく「解散」する。大神の「唯一無二」、必殺の「最後」の仕置は、誰にも「傷」を負わせることなく終った。「筋書」としては上等だ。残るは、先日落札した不動産の処理だけだ。しかし、「神様の悪戯」であろうか。大神にとって最後となるであろうこの「競売不動産」の「仕置」には得体の知れない「怪物」が待ち構えていたのである。

一九八八年九月半ば、大神と義弟のSは東海道新幹線「S駅」の前にいた。タクシーで五分、大通り沿いの四階建てのビル。八月末に大神が一六六〇万円で落札したもので敷地八三平方メートル、延床面積約二〇〇平方メートル。築後一一年。最低入札価格一四六〇万円。因《ちな》みに前回は一六六〇万円。「現況調査報告書」では「賃貸借の詳細」は不明。「物件証明書」には「貸借人は買受人に対抗出来ない」となっていた。事前に現地で確認してみると、一階と二階に上がる入口も施錠してあり、ビルの外側に会社名の表示等一切無い。「窓」は全て「ブラインド」が降りていて「中の様子」は確認出来なかった。二年もの間入札が無かったのは何故か。「落札」に「連敗中」の大神は多少の不安を抱えながら入札を決断した。「開札期日」から手を拱《こまね》くこと一〇日後、一人の男から「話がある。〇×月□×日午後一時半に当ビル二階で待っている」との連絡が入った。名前は名乗らなかったが、穏やかな口調。大神が先に立って二階の事務所のドアを開けて呆気に取られ、思わずたじろいだ。入口から奥に向かってロングサイズの机が並べられ、その外側の左右に二〇人は下らない「黒い背広姿」の一目で暴力団員と判る男達が「凶暴」な眼つきで大神達を待っていた。大神は「驚愕」の眼を室内の周囲から奥へ走らせた。明らかに組事務所。奥の巨大な机の上に「両足」を投げ出し、腕組みをして大神らを睨んでいたのは「組長」に違いなかった。「百戦錬磨」の大神も「恐怖心」に負けそうになる。眼の前の男共に襲いかかられたら、一溜まりもない。「指」の一本か二本、否、無事に帰れるのか「競売物件明渡し」の交渉中に家族の顔が過ったのは初めてことだった。喉が喝く。息が詰まる。「神様の悪戯」にしてはひど過ぎる。「仕置人」大神に下された「絶体絶命」の「ピンチ」。完全に「俎板の鯉」と思った時、「緊張」の糸が少し緩むのを感じた。気持が少しだけ楽になったのである。開き直りとはこの事かも知れない。

大神と同年代か、首の太い長髪の組長が「顎」をしゃくると「手下」が「前に行け」と凄んだ。このビルは最初から「組織」の事務所だったのか、大神を脅すための「俄造り」なのか。男の眼前に座ると両足を机の上に乗せた儘、男は「お前は俺に喧嘩を売るつもりか」と言い放った。大神は「心」を落ち着かせる事に集中して、入札の前に全力を上げて調査したが、実態が判らなかったことを説明したところ男は「よし。それじゃあ（裁判所が決めた）一四六〇万円でこっちに戻せ」と無理難題を突き付けて来た。落札金額は一六六〇万円。大神が金融業界、不動産業界の中にあって様々な相手（その中には「弁護士」はもとより「裁判官」もいた）と伍《ご》して戦ってきたプライドを踏みにじる要求。「言いがかり」だ。強く跳《は》ね返したかった。しかし、今置かれている状態は「飛んで火に入る夏の虫」。多勢にＳ一人。こちらの形勢は明らかに不利。この場は現実を打ち明けて「情」に訴えるしかない。と判断した。「実は当社は代表の一存で半年後に解散します。社員の給料も遅配していてこの物件が唯一の寄り所。私はその苦しい状況を背負ってこちらに来ました。今、ここで二〇〇万円の赤字を飲んで『おめおめ』と会社に戻れません。貴方様が同じ立場になったらどうでしょうか。正直に言いますと、この物件では約一〇〇〇万円の利益を見込んでいました。それはこの際、諦めますので、その一割の一〇〇万円を頂く訳には参りませんか。

入札残代金はそちらで用意して頂き、我々には裁判所に払い込んである保証金二九二万円に一〇〇万円をプラスした三九二万円を支払って頂くということで、詳しい事は弁護士さんに聴いて頂ければ解ると思います」と返した。男は受話器を取って誰かと話し始めた。言葉の端々に「……先生」と聞こえたところをみると相手は弁護士らしかった。そして男は受話器を置いて大神に「今回は、お前の言う事でいい。○×月△×日午後一時に『S駅』前の『S』法律事務所に関係書類を持って行け。そこで取引だ」。男は「手下」に「○×、話はついた。二人を駅迄送ってやれ。トランクに酒が入っているから二本持たせろ。余計な事をするんじゃないぞ」と命令した。「子供と会える」大神は胸を撫で下ろした。車中「手下」の男が「大神さんとか言ったね。お宅は実に運の良い人だ。正直なところ我々は『東京の奴らが喧嘩を売って来た。素巻きにして海へ放り込め』と言っていたんだよ。ところが半年前に『十年』の刑を終えて『ムショ』から帰って来たオヤジから『俺を又戻すつもりか』と怒られてね」。帰りの新幹線の中でSに「缶ビール」と「乾《かわ》き物」を渡して「Sちゃん。お疲れ。いやー、やっぱり『本物』は迫力が違ったねえ。TVや映画じゃ笑って観てられるけど、実際にあんな風に囲まれちゃ一瞬、徒《ただ》では済まないと思った。Sちゃんが傍にいてくれて助かったよ」。Sは「俺も今日みたいなのは初めてだ。俺の出番はなかったが、大ちゃんは大したもんだよ。あの場面で組長に食い下がるんだから」。通路を挟んで座っていた二人の乗客が半分心配、半分興味あり気に大神らを頻《しき》りに見ていた。厳《いか》ついヤクザ風の男がダミ声で向かい合わせの「凡庸」なサラリーマンを怒鳴っているとでも思ったのか。「いやあ、組長がSちゃんのことをかなり意識していたのがわかったよ。私もどうしようかな、引き下がろうかなと迷ったけど、会社もこんな状態だし、第一、一六年近くこの世界で張り合って来て、最後に尻尾《しっぽ》を巻いたんじゃこの先、一生悔やむことになると思ったのさ。家族の事がとっさに頭を過《よぎ》ったけど、これは俺の『性』なのか、それとも一六年の仕事の中で培（つちか）われた『プライド』みたいなものかも」S「一六年になるのか。大手の金融会社の債権管理部で、担保をしっかり取って、上から目線でふんぞり返っている奴らと違って、大ちゃんの場合は殆ど無担保で相手が倒産となったら休む暇もなかったろうし、それ以外に『競売不動産の入札』と『明渡し』までやってたんだから。大ちゃんは兄弟四人の中で身体は一番小さいが、気持は一番強いよ。面倒も一番看てくれるけど、大ちゃんに叱られると一番堪《こた》えるんだよな」と苦笑い。そして続けた。「K社が解散するって本当かい？」大神の大きな頷きに「俺は『芝居かと思ったぜ。大ちゃんは『正義感』が強くて、上辺《うわべ》は虫も殺せない様な顔をしてやってる事は半端じゃなく厳しいものなあ。この間の『V』の家財道具の差押にしたって、Vも驚いただろうさ。あんな事をされたのは恐らく初めてだろうから。俺なんか、大ちゃん少しやり過ぎじゃないのと思った位だもの。だってVにしてみりゃ男の面目丸潰れ。ゴネたいの本人が悪いんだけど、大ちゃんの事を逆恨みするかも知れないよ。大ちゃんを怒らしたらホント怖いよ。味方でよかった」と高笑い。二人は極度の緊張から解放されたせいか、いつもよりも話が弾んだ。大神が「Sちゃん最近面白い事あった？」と喉《けしか》けると「俺の場合有り過ぎだ。二日前か。中央道を（車で）走ってたら追い越し車線から急に割り込んで来やがった『奴』がいてさ。ガキが運転していたよ。『クラクション』を鳴らしたら今度は、急ブレーキを踏んで厭がらせだ。それを繰返したから『許せねえ』と思って、ダンプの運転で鍛えたハンドル捌きで奴の事を『路肩』の方に追い詰め、スピードが落ちたところで車の前に『ガー』と横付けしたら、それだけで眼を丸くして驚いてたよ。ダンボールに銀箔を貼って造った『青竜刀』を持って『この野郎っ』って言ったら『御免なさい、御免なさい』と泣き顔でガタガタ震えてた。『謝って済むなら警察はいらねえ。テメーみたいな奴は運転する資格はねえ』と『車のキー』を抜き取って高速道路の外へ投げつけてやったよ」。「いやはや、その顔で凄まれたら震えない人はいないよ。しかも

『青竜刀』まで出されたら、その男は『この世の終り』と、思ったことだろう。いい薬になった事だけは間違いない。だが『模造』だとしてもそれで相手を脅かしたら。『軽犯罪法』に触れるのでは」と少し心配した。大神には絶対真似が出来ない。義弟は「ストレス」が溜まることは無いだろうと「羨ましく」さえ思う。大神などは「電車の中の無法者」に注意すら躊躇ってしまう。

Sは「大ちゃん。今晩『験《げん》直し』に飲みに行こう。可愛い女の子がいる店知ってるから」と言い出した。Sの場合付き合ったが最後、二次会、三次会だ。しかも大方の支払いは大神の財布から。それで「朝帰り」の大神を待ち受けているのは「山の神」だ。割に合わないので、大神はいつもより多めの「日当」を渡して「誘い」を躱《かわ》すことにした。

一二月に入り、社員は大神一人だけ。他の者は「給料」が遅配気味の会社に「用」は無いとばかりさっさと辞めていった。大神にもやるべき事は一つも残されていなかった。今月は「暦」の上でも「区切り」がいいので一二月で退職することに。「一六年」精一杯やった。「唯一無二」の「仕置」は誇れる「勲章」だ。

「悔い」は一つも無い。この間に培った「知識」と「経験」は何時の日か何処かで役に立つことだろう。一二月二三日金曜日の夜、車で自宅へ向かった。助手席には「赤いリボン」の「三つ」の「箱」。明日は「イブ」。「来年の今頃」はどんな事をしているのか。この一六年間「金」と「不動産」に「命」を削って来た。しかし、「命」より大切なものはない。「命」を大切にしない「人」、「会社」、「社会」、「国」、「世界」に『幸せ』と『平和』は無い。大神大将、四二才。丁度「人生」の「半ば」、「折り返し点」に差し掛かった男の前方に「一つ」の「道筋」が夜明けの日が差すが如く現われて来た。「俺の行く道は決まった」。「昭和」から「平成」へ。社会に変革の「うねり」が押し寄せようとしていた頃、大神は「忽然《こつぜん》」と姿を消した。その後、五年、一〇年大神を見かけた者すらいなかった。

著者プロフィール

**利他 蚯蚓**（りた みみず）

1946年生まれ

霊峰富士山登山止めん会会長（会員一人）

**昭和の必殺必中相続登記仕置人**

2025年２月15日　初版第１刷発行

著　者　利他 蚯蚓
発行者　瓜谷 綱延
発行所　株式会社文芸社
〒160-0022　東京都新宿区新宿1－10－1
電話　03-5369-3060（代表）
03-5369-2299（販売）

印　刷　株式会社文芸社
製本所　株式会社MOTOMURA



ISBN978-4-286-25908-6